J. Bensheimer

Antiquarischer Catalog J. Bensheimer in Mannheim & Strassburg

Antigonos

J. Bensheimer

Antiquarischer Catalog J. Bensheimer in Mannheim & Strassburg

Unveränderter Nachdruck der Originalausgabe von 1877.

1. Auflage 2024 | ISBN: 978-3-38698-822-3

Antigonos Verlag ist ein Imprint der Outlook Verlagsgesellschaft mbH.

Verlag: Outlook Verlag GmbH, Zeilweg 44, 60439 Frankfurt, Deutschland
Vertretungsberechtigt: E. Roepke, Zeilweg 44, 60439 Frankfurt, Deutschland
Druck: Libri Plureos GmbH, Friedensallee 273, 22763 Hamburg, Deutschland

Musik,

(meist ältere theoretische and praktische.)

Liturgie. Hymnologie.

M. Pf.

1 **Aadis** — Alceste — Telemaque — Tancrede — Phaëton — Medée et Jason — Atys — tragedies en musique. 7 pties. 1687—1707. Pp. — 2 —

2 **Anleitung** zum Generalbasse. Lpz. 1744. cart. — 1 50

3 **Antiphonaire** de St. Grégoire, facsimile du manuscrit de St. Gall. Copie authentique de l'autographe, écrite vers l'an 790. Avec une notice hist., d'une dissertation donnant la clef du chant Grég. etc. p. Lambillote. Av. 150 planches. Brux. 1867. Fol. (30 fr.) Lwd. — 14 50

4 **Auber,** Gustave ou le bal masque. Airs arrangés pour 2 flutes p. Walckiers. 2 chs. Liège. Gout. fol. (M. 7. 20.) — 1 50

5 **Auswahl** der beliebtesten Stücke aus verschiedenen Opern einger. f. Flöte u. Guitarre v. J. G. Busch. 2 Bde. Offenbach, André. 4. (M. 18.) Hfz. — 4 50

6 **Autreau,** oeuvres. 4 vols. Av. musique notéé. Paris 1749. Hldr. — 6 —

7 **Azalaïs** et le gentil Aimar. Hist. provençale, trad. d'un ancien ms. prov. 3 vols. Avec figures et musique notée. Paris an VII. (Mouillé.) — 3 —

8 **Bachs** Matthäus-Passion musikalisch-aesthet. dargest. v. Mosevius. M. Musikbeilagen. Berlin 1852. 4. (M. 4.) — 2 —

9 — Carl Ph. E., Sturms geistl. Gesänge mit Melodien zum Singen bey dem Claviere. Hamb. 1780. qu.-fol. Ldr. — 6 —

10 **Baillot,** der erste Lehrmeister f. angeh. Violinspieler. Neub. 4. — 1 —

11 — Rode et Kreutzer, méthode de violin, rédigee p. Baillot. Paris s. d. 4. (24 fr.) Hfz. — 7 —

12 **Becker,** C. F., system.-chronolog. Darstellung der musikal. Literatur v. d. frühesten Zeiten bis jetzt. M. Anhang: Choralsammlgn. des 16—18. Jahrh. Mit Nachtrag. Lpz. 1836—39. 4. (M. 14.) cart. u. br. wie neu. — Vollständ. Ex. m. d. Nachtrag sind selten. — 9 75

13 **Becker,** W. G., Taschenbuch und Almanach zum geselligen Vergnügen. J. 1796. 98. 99. 1801. 2. 6. 7. 9. Lpz. 16. Pp. m. Titel. Hübsche Ex. à M. — 2 50

M. Kupfern u. e. grossen Anzahl Musikbeilagen.

14 — — f. 1796. M. Kpfrn. (defect) u. e. Menge Musikbeilagen. Lpz. 16. Hldr. (Etwas fleckig.) — 1 50

15 — — 1813. 16. cart. — 1 50

16 — — 29. Jahrg. 1819. cart. — 1 50

17 **Beethoven,** gr. sonate pathét. p. le Pfte. op. 13. Vienne. — 1 —

18 — Briefe hrsg. v. L. Nohl. M. Facsimile. Stuttg. 1865. (M. 6.) Hlwd. — 3 50

19 — Lenz, W. v., Beethoven. E. Kunststudie. 5 Bde. Hamb. 1869. (M. 33.) — 14 —

20 — — krit. Katalog sämmtl. Werke Beethovens. 3 Bde. (M. 20.) — 6 —

21 — Naumann, E., Ludwig van Beethoven. Berl. 1871. — — 60

22 **Bellini,** die Nachtwandlerin. Cl. Ausz. M. deutschem u. ital. Texte. qu. fol. Hlwd. (Titel fehlt.) Etwas gebraucht.) — 4 —

23 **Bible,** la sainte. (Les psaumes de David avec les airs notés.) Basle 1744. Fz. m. Goldschn. Schönes Ex. — 2 —

24 **Biblia** d. is de gantsche H. Schrifture des Ouden en N. Test. Leyden 1775. 4. Holzbd. m. Leder überz., m. Schliessen. Schönes Ex. — 4 50

M. Pf

25 **Blankenburg,** Q. van, elementa musica of niew Licht tot het welverstaan van de Musiec en de Bas-Continuo. 2 Bde. M. vielen Tafeln (u. Portr.) 's Gravenh. 1739. 4. Hfz.   32 —
Ein merkwürdiges, sehr seltenes interessantes Buch. Das Exemplar ist prachtvoll erhalten, unbeschnitten, wie wohl kaum ein zweites existiren dürfte.

26 **Blätter,** fliegende, f. Musik. Wahrheit üb. Tonkunst u. Tonkünster. (Hrsg. von Nohl.) 2 Bde. compl. u. 3. Bd. 1. 2. Heft. Lpz. 1855--57. gr. 8. (M. 26.) — Nicht mehr erschienen.   10 —

27 **Böckh,** Wiens lebende Schriftsteller. Künstler u. Dilettanten im Kunstfache. Wien 1822.   1 50

28 **Boieldieu,** le Chaperon rouge arrangé en Quintetto p. 2 V. 2 Altos et Vcelle. 5 cah. Bonn. cart. (M. 16.)   5 —

29 **Bost,** L., Cäcilia. Betrachtungen üb. Kunst u. Musik. Würzb. 1851. (M. 3.)   1 —

30 **Boutmy,** traité abregé sur la basso continue. La Haye, Hummel, (ca. 1790.) gr. 4. Selten!   6 —

31 **Bürger**'s Ballade, „Die Entführung" f. d. Pfte. v. Zumsteeg. L., Breitkopf & H. 4.   1 50

32 **Burney,** C., Tagebuch seiner musikal. Reisen. 3 Bde. Hamb. 1772—73. Hldr. Selten!   6 —

33 **Busby,** T., compl. diction. of music. 2. ed. Lond. 1806. Hfz.   1 —

34 **Cäcilia,** E., Taschenbuch für Freunde der Tonkunst. Hrsg. v. Lyser. 1. (einz.) Jahrg. M. 8 Zeichngn. u. 4 Musikbeilagen. Hamb. 1833. cart. (Gelesen.)   1 50

35 **Camphuysen**'s stichtelycke rymen. 3 Thle. M. vielen Musiknoten und Kpfrn. Amst. 1647. 4. Pgt. (Etwas fleckig.)   15 —

36 **Carulli,** F., vollständ. Guitarren-Schule. Bonn, Simrock. 4. (M. 4. 25.)   1 —

37 **Castil-Blaze,** dictionnaire de musique moderne. Brux. 1828. Hfz.   3 —

38 **Chladni,** E. F. F., die Akustik. M. 12 Kupf. Lpz. 1802. 4. Pp. Ex. auf Velinpap.   7 —

39 **Chopin,** F., 12 études p. le P. op. 25: (Livr. I. 6 études.) Lpz., Breitk. & H. 4. (M. 4. 50.)   1 25

40 **Christmann,** J. F., Oden u. Lieder f. d. Pfte. Lpz. 4.   1 —

41 **Clementi,** M., gradus ad parnassum ou l'art de jouer le Pfte. 2 vols. La Haye. fol. Hfz.   3 —

42 — oeuvres compl. Cah. II.: IX sonates p. le Pfte. Lpz. Breitk. & H. 4. Hfz.   2 50

43 — Cah. VI.: 7 sonates 1 toccata et 2 caprices p. le Pfte. L. Br. 4. Hfz. (Enth. nur die 7 Son.)   1 25

44 **Concone,** J., 15 vocalises p. Contralto av. accomp. de p. Paris fol. (M. 16.)   4 50

45 **Cramer,** J. B., étude p. le Pfte. en 42 exercises. 2 cahs. Lpz. 4. (M. 7.) Hfz.   2 —

46 — Anweisung das Pianoforte zu spielen. Bonn. fol.   1 20

47 **Crescentini,** C., 25 nouv. vocalises ou études de l'art du chant av. accomp. de p. op. 11. L. 4. (M. 9.)   3 —

48 **Czerny,** Ch., l'art de préluder mis en pratique p. le piano. op. 300. Paris, Schlesinger. fol. (M. 24.)   7 —

49 — u. **Diabelli,** 6 Werke f. d. Pfte. zu 4 H. qu. 4. Hldr. (Einige Werke Anderer beigeb.)   1 50

50 **Dalberg,** F. H. v., 12 Lieder in Musik gesetzt. Bonn, Simrock, 1800.   2 —

51 — 6 romances franç. av. accomp. de Pfte. op. 21. Bonn.   1 —

52 **Devienne,** méthode de flûte. Nouv. éd. Paris, Pollet. Fol. (M. 16.) Hlwd. (Fleckig.)   4 —

53 **Dictionnaire** portatif des beauxarts. (l'architecture, la sculpture, la peinture, la gravure, la poësie et la musique.) Paris 1752. Ldr.   2 —

54 **Dilletant,** der, Mustersammlung vorzügl. Compositionen f. e. Flöte u. Violine. 2 Jahrge. Lpz. 4. (M. 12.) Hfz.   4 —

55 **Donizetti,** Lucia di Lamermoor. Clavier-Auszug m. ital. Text. Paris. Fol. (24 Fr.) Pp.   4 —

56 — 4 Potpourris nach Motiven der Oper: „Marino Faliero." Wien.   1 25

M. Pf.

57 **Ebers,** C. F., 12 Lieder am Clavier zu singen in Musik gesetzt. Hamb.,
Günther u. B. 4. — 1 50

58 **Elsland,** J., van, dankbaare naagedachten en Geboorte Gezangen, op de
verschyninge Jesus Christus etc. M. Zangkunst verrykt door C. Kauwenberg
en W. Wermooten. Haarlem (ca. 1740.) 4. — 4 50

59 **Erato,** the german, or collect. of. favour. songs, w. orig. music. 3. ed. —
German ballads and songs, w. orig. mus. 2. ed. Berl. 1800. unbeschn: — 2 —

60 **Fétis,** la musique mis à la portée de tout le monde. Brux. 1839. — 1 50

61 **Floravanti,** ouverture et airs de l'opera „J vertuosi ambulanti." Arrangée p.
le pianofte. avec les paroles ital., franç. et allem. Lpz. qu. fol. Hfz. — 3 50

62 **Forkel,** J. N., allgemeine Geschichte der Musik. 2 Bde. M. Kupfern. Lpz.
1788—1801. 4. — 16 —

63 — allgem. Literatur der Musik. Lpz. 1792. — 3 —

64 **La France** musicale. Directeur M. Escudier. Années 26 à 33. Paris
1862—69. Fol. (M. 192.) Hlwdbde. Schönes Ex. — 48 —

65 **Frauenzimmer-Almanach** f. 1796. M. 3 Modekupf. u. Musikbeil. Lpz.
16. cart. (Text defect.) — 1 50

66 — f. 1812. M. Kpfrn. u. Musikbeil. cart. — 1 25

67 **Fürstenau,** M., zur Gesch. der Musik und des Theaters am Hofe zu Dresden.
2 Bde. M. Ansicht des 1. Dresd. Komödienhauses. Dr. 1861—62. (M. 9.) — 5 —

68 **Galin,** P., exposition d'une nouv. méthode p. l'enseignement de la musique.
Av. pl. Paris 1818. — 1 50

69 — verklaring e. nieuwe leerevijze in de toonkunst. M. Taf. 's Gravenh. 1821. — 1 25

70 **Gallerie** deutscher Tondichter. Brustbilder nach Originalgemälden von C.
Jäger. M. biogr. Text v. E. Hanslick. 2. Aufl. (M. 13 Photogr.) Münch.
4. In Originalprachtband. (M. 45.) Neues vollständig tadelloses
Exemplar. — 38 —

71 **Gasparini,** F., l'armonico prattico al cimbalo. Venezia 1715. 4. Selten! — 8 —

72 **Generalbass.** — Kann man nicht in zwey oder drey Monaten die Orgel gut
u. regelmässig schlagen lernen? Mit ja beantwortet u. dargethan vermittelst
e. Einleitung zum Generalbasse. M. Tafeln. Landsh. 1789. qu. 4. 230 S.
Selten! — 8 50

73 **Gerber,** neues histor. biograph. Lexicon der Tonkünstler. 4 Bde. Lpz.
1812—14. Hfzbde. — 14 —

74 **Gersbach,** Jos., Wandervögelein. 60 vierst. Tonweisen. O. O. 1822. Selten. — 6 —

75 **Gesangbuch.** chur-pfälzisch, allgemeines reformirtes. 700 auserles. Lieder
m. verschiedenen neuen Melodien. 2 Thle. Frkf. 1761. Ldr. —
Sehr selten! — 6 —

76 **Giornovichi,** 3 duos p. 2 V. tirés du Ir. oeuvre. Hamburg, Günther. 4. — 1 50

77 **Godeau,** A., paraphrase des pseaumes de David en vers franç., av. mus. p.
A. Aucousteaux. Paris 1656. veau. — 4 —

78 **Goethe's** Wilhelm Meisters Lehrjahre. 2. Bd. M. Musikbeilage v. Reichardt.
Frkf. 1795. Pp. — 1 50

79 **Gollmick,** krit. Terminologie f. Musiker. 2. Aufl. Frkf. 1839. — 1 —

80 **Grétry,** Richard Loewenherz. Clav.-Ausg. v. Zulehner. Mainz. qu. fol. — 2 50

81 — mémoires ou essais sur la musique. 3 vols. Paris an V. br. n. r. — 5 —

82 **Hahn,** G. J. J., der nach der neuen Art wohl unterwiesene Generalbass.
2. Aufl. Augsb. 1763. kl. 4. — 7 —

83 **Händel.** — Burney, K., Nachricht v. G. T. Händels Lebensumständen. A.
d. Engl. v. Eschenburg. M. Portr. u. Kupf. Berl. 1785. 4. Hlwd. Selten! — 6 —

84 — Chrysander, F., G. F. Händel. Bd. 1—3. 1. Hälfte. Lpz. 1858—67.
(M. 18. 60.) — 12 —

85 **Hanöver,** G., Gesangschule theoret. u. prakt. 1860. 4. Hldr. — 1 25

86 **Harsdörffer,** G. F., delitiae mathem. et phys. der math. u. phys. Erquikstunden
2. Thl. Nürnb. 1651. 4. Pgt. — 4 50
*4. Thl.: Von der Singkunst oder Tonkundigung (Musica) S. 133—192.
M. Musiknoten etc.*

87 **Haydn,** die Schöpfung. Klav.-Ausg. v. A. Andree. M. deutschem u. engl.
Texte. Offenbach. qu. fol. Hlwd. — 3 —

M. Pf.

88 **Haydn,** Jahreszeiten. Klav.-Ausg. v. A. Andree. M. deutschem Text. Offenbach.
qu. fol. (M. 8.) Hlwd. 3 50

89 — 3 Quintetti p. 1 fl., 2 V., Alt et Vcell. Bonn, Simrock. 4 —

90 — Dies, A. C., biograph. Nachrichten v. Joseph Haydn. M. Bildniss und
Musiktaf. Wien 1810. Hlwd. Selten! 3 —

91 **Hessen,** W., Zinspeelende Liefdens Gezangen. Op Muzyk gebragt door W.
Vermooten, voor twee Stemmen. Cantus. Haarlem 1741. 4. 8 —
Mit einem schönen Titelkupf. von J. Punt gest.

92 **(Hiller,)** Wöchentliche Nachrichten und Anmerkungen die Musik betr. 2. u.
3. Jahrg. M. Musiknoten. Lpz. 1767—68. 4. Pp. Sehr selten! 15 —
Im 2. Bde. am Schluss ist eingebunden die Subscriptionseinladung
(2 Seiten.)

93 **Himmel,** F. H., 12 alte deutsche Lieder des Knaben Wunderhorn f. d. Pfte.
u. f. d. Guittarre v. Harder comp. Lpz. 3 —

94 **Hoffmann v. Fallersleben,** Geschichte des deutschen Kirchenliedes bis auf
Luthers Zeit. 2. Aufl. Hann. 1854. (M. 8.) Hlwd. 4 50

95 — alte u. neue Kinderlieder. M. Clavierbegleitung hrsg. v. L. Erk. 4 Hefte.
Berl. 1872. Fol. (M. 6. 50.) Lwd. Neu. 3 50

96 **Hoffmeister,** F. A., 6 duos p. 2 V. op. 4. Berlin, Hummel. 2 50

97 **Huberinus,** Caspar, Vom Christlichen Ritter. / Ain wunderbarlicher Kampf /
der Hellischen Bestien / wider ainen Euangelischen Christen / Vnd wie dar-
gegen der heilig Gaist / mit seinen Gaben vnd Tugenten / solchen Christen
tröstet / stercket / vnd endlich imm streit erhellt. Neuburgae Danubij 1545.
(240 Seiten.) — Sehr seltene Schrift, 2 Seiten mit Musiknoten. 17 —

98 **Hugot** u. **Wunderlich,** Floetenschule. Auszug aus d. gr. Werke. Bonn,
Simrock. 4. Hldr. (Nicht sauber.) 1 50
Angeb.: Gebauer, 60 leçons méthod. en duo p. fl. Amst.

99 **Hünten,** Fr., méthode de piano. op. 60. Mayence. Hldr. 1 25

100 **Hurka,** Lied „Wer bist du Fürst?“ f. d. Pfte. Hamb., Böhme. 4. 1 —

101 **Hypolitus** u. Aricia, e. musical. Schauspiel. Marnb. 1759. 1 50

102 **Jacotot,** J., enseignement universel: Musique. Louvain 1824. 1 —

103 **Jansa,** L., pot-pourri p. V., et Pfte. op. 38. V. 4. 1 —

104 **Jones,** G., Gesch. d. Tonkunst, übers. v. Mosel. Wien 1821. 1 20

105 **Irgang,** W., Lehrbuch der musikal. Harmonien. Görl. 1870. (M. 3.) 2 —

106 **Israel,** K., die musikal. Schätze der Gymnasialbibliothek u. der Peterskirche
zu Frankfurt am M. M. Musikbeilagen. Frkf. 1872. 4. Nicht im Handel 5 —

107 **Kahlert,** A., Tonleben. Novellen u. vermischte Aufsätze. Bresl. 1838.
(M. 4.) Leihbiblbd. 1 25

108 **Kirchenordnung,** revidirte, wie es mit Christlicher Lehre Reichung der
Sacramenten etc. Im Herzogthumb Mecklenburg gehalten wirdt. M.
vielen Holzschn. u. Musiknoten. Lüneb. 1650. 4. Hpgt. Selten! 8 50

109 **Klemm,** G., d. Frauen. Culturgeschichtl. Schilderungen d. Zustandes u.
Einflusses der Frauen in d. verschiedenen Zonen u. Zeitaltern. 6 Bde.
Dresd. 1854—59. (M. 36.) broch. Neu! 20 —
Bd. 5: Die Frauen in der Kunst. Bd. 6: In der Literatur.

110 **Kocher,** C., Clavierspielbuch. Eine aus d. Elementen theoret. u. prakt.
sich entwickelnde durch Vorübungen u. Tonstücke methodisch fortschreitende
Einleitung in das Spiel u. Verständniss der Classiker. Stuttg. 4. Hlwd. 2 —

111 — Harmonik. Die Kunst des Tonsatzes aus den Grund-Elementen theoret.
entwickelt u. prakt. dargest. Stuttg. (1864.) 4. (M. 11. 50.) Hlwd. 6 —

112 **Köhler,** L., Kinder-Klavierschule. op. 80. Lpz. Siegel. 4. (M. 3.) Hlwd. 1 25

113 **(Krause)** Von der musikal. Poesie. Berl. 1753. Sehr selten! 7 50

114 — Anfangsgründe d. allgem. Theorie der Musik. Hrsg. v. V. Strauss. M.
Taf. Gött. 1838. Pp. 2 —

115 **Krul,** J. H., Pampiere wereld ofte wereldsche oeffeninge. M. schönen
Kupfern u. Musiknoten. (Die Liedermelodieen.) 4 Thle. Amst. 1644.
Fol. Pgt. Schönes Ex. 32 —
M. Stich v. Rembrandt.

116 **Kufferath,** J. H., Psalm 12 (13) f. Soli, Chor u. Orch. Kl.-A. op. 30.
Amst. 1866. 4. (M. 7.) 2 —

J. Bensheimer in Mannheim und Strassburg.

M. Pf.

117 **Kuffner**, J., 9e potpourri sur des thèmes de l'opéra „Le Barbier de Seville" de Rossini. p. piano et v. op. 194. M. — 1 25

118 **Kuhlau**, Fr., Elisa. Drama in 3 A. Kl.-A. Cop. 4. — 4 —

119 **Kühn**, G. J., Volkslieder. 2. Aufl. m. Musikbeil. Bern 1819. Pp. — 3 —
Ganz im Dialect. M. Wörterbuch.

120 **Kummer**, F. A., Violoncell-Schule f. d. 1. Unterricht. op. 60. L. Fol. (M. 10. 20.) Hlwd. — 2 50

121 **Kunst**, deutsche, in Bild und Lied. Originalbeiträge deutscher Maler, Dichter und Tonkünstler. Hrsg. v. A. Träger. 11. Jahrg. Leipz. 1869. 4. (15 M.) — 10 50
Eleg. Lwdbd. mit Goldschnitt. Neu!

122 **Laag**, H., Anfangsgründe z. Clavierspielen u. Generalbass. Osnabr. 1744. 4. Pp. — 1 —

123 **Lachner**, Catharina Cornaro. Clav.-Ausg. m. deutschem Text. Titel fehlt. — 4 —

124 **La Mara**, musikal. Studienköpfe. 2 Bde. 2. Aufl. Lpz. 1873. (M. 8.) — 5 —

125 **Lasaulx**, E. v., Philosophie der schönen Künste, Sculptur, Malerei, Musik, Poesie u. Prosa. Münch. 1860. (M. 4. 20.) — 2 75

126 **Lieder**, geistl. z. gottesdienstl. Gebrauche des Bisth. Speier. M. Musik-noten. 1783. 16. Ldr. — 1 —

127 **Lire**, la maçonne, ou recueil de chansons des Francs-maçons revu p. les frères Vignoles et du Bois. **Avec les airs notés,** tant pour le chant que le violon et la flute. La Haye 1775. Fz. Rare! (520 pages.) — 11 —

128 **Liszt**, F., impromptu brillant p. le Piano. op. 3. Elb. 4. — 1 —

129 — des Bohémiens et de leur mussique en Hongie. Paris 1859. Fort rare. — 6 —

130 **Logier**, Lehrbuch der musikal. Composition. Auszug. Berl. 1827. 4. Hldr. — 1 50

131 **Lustig**, J. W., inleiding tot de muzykkunde. Gron. 1751. — 2 —

132 **Lyser**, J. P., neue Kunstnovellen. 2 Bde. M. Zeichngn. Frkf. 1837. (M. 8.) Hldr. (Gelesen.) — 1 50

133 **Magazin**, neues, f. Frauenzimmer. Hrsg. v. Seybold. 1. 2. Bd. M. 2 Musikheil. u. 1 color. Modekupf. Strassb. 1788. Pp. — 2 —

134 **Maichelbek**, F. A., die auf dem Clavier spielende u. das Gehör vergnügende Caecilia, d. i. 8 Sonaten, sowohl auf den Kirchen- als Zimmer-Clavieren zu gebrauchen. Opus I. Ausg. 1736 qu. Fol. Hpgt. — 7 —

135 **Marx**, A. B., Gluck u. d. Oper. 2 Bde. m. Portr., e. Autogr. u. zahlr. Musikbeil. Berl. 1863. (M. 16.) Hldr. (Gelesen.) — 8 —

136 **Maters**, G. van. Kruisgezangen; Op het Lyden van onzen Heiland Jezus Christus. M. Zangkunst verrykt door W. Vermooten. Haarlem 1739. kl. 4. — 5 —

137 **Mazas**, F., petite méthode de Violon extraite de la grande. Bonn, Simrock. 4. Pp. (Nicht sauber.) — 1 50

138 **Mestrino**, 3 duos p. 2 V. L. Br. u. H. — 2 —

139 **Meyerbeer**, G., l'Africaine. Clav.-Ausz. m. franz. Texte. Paris. 4. Hldr. — 9 —

140 **Michaelis**, üb. den Geist der Tonkunst. Lpz. 1795. Pp. — 1 —

141 **Moncrif**, oeuvre s. 4 vols. Avec portr., gravures et notes de musique. (60 pages.) Paris 1764. Fzbde. — 10 —

142 **Moreali**, dictionnaire de musique italien-franç. Amst. 1841. Lwd. — 1 —

143 **Moscheles**, J., grosse Sonate f. d. Pianoforte. op. 41. Wien. Pp. — 1 25

144 — franz. Rondo concert. f. Pfte. u. V. 48. Werk. Wien. 4. cart. — 1 25

145 — grand caprice et pot-pourri concert. p. Pfte. et V. op. 37. (cah.) Paris. 4. (M. 7. 20.) cart. — 2 —

146 **Mott**, H., Musices choralis medulla; s. totius cantus Gregoriani succinta ac fundamentalis traditio: una c. tonis communibus, hymnis, antiphonis etc. Coloniae 1670. 24. 160 pag. — 20 —
Mit vielen Melodien. Sehr selten.

147 **Mozart**, cosi van tutte. Ridotta p. il Pfte. da C. G. Neefe. (M. ital. u. deutschem Texte.) Bonn. — 4 —

148 — cosi fan tutte. Clav.-Ausz. m. deutschem u. ital. Texte. M. Mozart's Portr. Brschw. qu. 4. Hldr. — 3 —

149 — die Entführung aus d. Serail. (Kl.-A.) M. Text. Simrock. — 3 —

M. Pf.

150 **Mozart,** die Entführung aus dem Serail. Vollst. Clavier-Ausg. m. deutschem
u. ital. Texte. Mannh. Fol. Hlwd.   3 —
151 — die Gärtnerin aus Liebe. Clav.-Ausz. M. deutschem Texte. Mannh.
Fol. Hfz.   4 —
152 — Idomeneus. Clav.-Ausg. m. deutschem u. ital. Texte. Brschw. qu. 4.
Hldr.   3 —
153 — Zauberfloete. Vollst. Clavier-Ausg. m. deutschem u. ital. Texte. Mannh.
Fol. Hlwd.   8 —
154 — Don Juan. Vollst. Clavier-Auszug m. deutschem u. ital. Texte. Mannh.
Fol. Hlwd.   3 —
155 — 30 Gesänge mit Begleitung des Pianoforte. Lpz. Breitk. u. H., qu. 4.
(M. 9.) (Alte Ausg. m. grünem Umschlag, Bd. 5, seiner Werke.)   2 --
156 — candences ou points d'orgue p. Pfte. (op. 4. 7. 15. 21. 23. 26. 44. 46.
67. 82. No. 2 u. 5.) 2 cah. Offenbach, André. qu. 4. Hldr.   1 50
157 — 2 deutsche Arien z. Singen beym Clavier. 2. u. 3. Theil. Mannh.
1. Ausg. (2 Blt. im 3. Heft hs.)   2 —
158 — Leop., Violinschule. Lpz. Kühnel, 1804. Fol. Hldr.   2 —
159 — J. Pirlinger, neue vollst. Violin-Schule. 1. Thl. M. Kpfrn. u. Noten-
beysp. Wien 1799. 4. Pp.   1 50
160 **Musarion.** E. Monatsschrift f. Damen. Hrsg. v. A. Lindemann. 3 Bde.
(Complet.) Altona 1799—1800. Hfzbde.   28 —
        Sehr selten! M. 12 Musikbeilagen v. Hiller etc., 11 color. Modekupf.
        und 6 anderen Kupf.

161 **Musikverein** Mannheim in s. ersten 15 Jahren. M. 1845.   1 —
162 **Musikzeitung,** deutsche. Redig. v. S. Bagge. 3 Jahrge. (complet.) Wien
1860—62. 4. (M. 36.)   14 —
163 — niederrheinische. Hrsg. v. L. Bischoff. 11—13. Jahrg. Köln 1863—65.
(M. 36.) Hlwd.   12 —
164 **Naumann.-Meisner,** A. G., Bruchstücke z. Biographie J. G. Naumanns.
Bd. 2. Prag 1840. Hldr.   1 25
165 **Nehrlich,** G. C., der Kunstgesang. Physiol., psychol., pädag. u. aesthetisch
dargest. 2. Ausg. Heilbr. 1868. (M. 18.)   7 50
166 **Nicolai,** G., d. Musikfeind, e. Nachtstück. 2. Aufl. Lpz. 1838. Hlwd.   1 —
167 — Arabesken f. Musikfreunde. 2 Bde. Lpz. 1835. (M. 8.)   2 75
168 **Nohl,** L., musikal. Skizzenbuch. Münch. 1866. (M. 4.) Lwd. wie neu.   2 25
169 **Ohm,** J., d. 13jähr. Pianistin Alwine Ohm und ihre 4jähr. Kunstreise d.
Deutschl. 2. Aufl. M. Portr. Dresd. 1863.   1 25
170 **Paer,** F., Camilla. Oper in 3 Aufz. Clav.-Ausz. m. deutschem u. ital.
Texte. Hamb. qu. Fol. Hldr.   3 50
171 — Sargino ossio l'allievo dell'amore. Clav.-Ausz. v. Steegmann. M. deutschem
u. ital. Texte. Bonn. qu. Fol. Hldr.   4 50
172 **Pandora** od. Kalender des Luxus u. der Moden f. 1789. Weimar. 16.
cart. Selten!   4 —
        M. 6 Modekupf. (u. anderen Kupf.) u. einer Musikbeilage: Der
        Oberontanz v. Breitkopf.

173 **Pers,** D. P., Bellerophon, of Lust tot Wijsheyt: waer in verscheyde stichtel.
Liedekens en Dichten. 3 Thle. M. den Melodieen. Amst. 1669. (Vom
1. Thl. fehlt Titel u. 2 Bl. der Vorrede.)   8 —
174 **Pfenninger,** J. K., jüdische Briefe, Erzählungen, Dialogen um die Zeit
Jesu v. Nazareth od. e. Messiade in Prosa. 12 Bde. M. Musikbeilagen.
Lpz. 1783—90. Pp. m. Titel.   2 50
175 **Pisni** dumki i szumki Ruskoho naroda na Padoli Ukraini iw Malorossyc
Spysani i perelozeny pid muzyku A. Kocipinskim. Kiew 1862. gr. 4.
(M. 41. 50.)   27 —
        Wichtige Sammlung v. Volksliedern, m. d. Melodien und Piano-
        fortebegleitung, hrsg. von A. Kozipinsky. Der Text ist kleinrussisch
        m. russ. u. latein. Buchstaben gedruckt.

176 **Pozzi,** Seraphin, 6 Ariettes (ital.) p. Pfte. V., Artaria.   1 50

M. Pf.

177 **Psaumes** de David mis en vers franç. avec les airs notés. Basle 1729,
  1760, 1782. Fz.   à   1 —
178 **Quicherat,** traité elementaire de musique. Paris 1833.   1 —
179 **Recueil,** nouveau, de chansons choisies. Avec les airs notés. 5 vols. La
  Haye 1726—32. Pgtbde. Sehr selten!   25 —
180 **Reicha,** A., traité de haute composition musicale. 2 vols. Av. portr.
  Paris, Zetter et Co., Fol. Hfz. (M. 64.)   18 —
181 **Reichardt,** J. F., vertraute Briefe aus Paris geschrieben 1802—3. 3 Bde.
  Hamb. 1805. (M. 14.)   5 —
Wichtig f. Musikgesch.
182 — vertraute Briefe geschr. auf e. Reise nach Wien 1808—9. 2. Bd. Amst.
  1810. Pp.   1 25
183 **Reijnvaen,** J. V., catechismus der muzijk. M. vielen Musikbeilagen.
  Amst. 1787. cart.   4 —
184 **Reissmann,** A., allgem. Gesch. der Musik. M. zahlreichen in den Text
  gedruckten Notenbeispielen u. Zeichngn., sowie 59 vollständ. Tonstücken.
  3 Bde. Münch. 1863—64. (M. 33.) brosch. neues Ex.   20 —
185 **Rey,** J. B., exposition élément. de l'harmonie; théorie générale des accords
  d'après la basse fondam. vue selon les différens genres de musique. Paris
  1807. gr. 8. (18 fr.)   4 —
186 **Richter,** Th. W., die Grundverhältnisse der Musik. 1. Thl.: Die Grund-
  verhältn. d. Harmonie. Lpz. 1753. gr. 8. (M. 5. 25.)   2 50
187 **Rituale** s. agenda ad usum dioeceseos Wormatiensis. Mannh. 1740. Fol.
  Ldr.   4 —
M. Musiknoten.
188 **Rolle,** J. H., Lazarus, od. d. Feyer d. Auferstehg., musik. Drama. Klavier-
  ausz. m. Text. Lpz. 1779. qu. Fol. Pp.   2 —
189 **Rosselini,** H., méthode de piano. Mayence, Schott. 4. (M. 12.) Hfz. 4 —
190 **Rossini,** J., die diebische Elster. Melodrama. Vollständ. Kl.-A. v. Zulehner.
  M. ital. u. deutschem Texte. Bonn, Simrock. 4. (M. 18.) Pp.   4 50
191 — Tancred. Ridotto per il Cembalo solo. Vienna. qu. 4.   1 25
192 **Rousseau,** J. J., oeuvres mélées. Vols. 1 à 3. Lond. 1776. 4. br. n. r. 6 —
  Der 1. Bd. enth. u. A.: Lettre sur la musique franç. Le devin du
  village, intermède. Av. la musique n. (50 pages.)
193 **Ruppe,** C. Fr., 12 stukjes uit de gedichtjes voor kinderen door van Alphen
  op muzyk gebragt voor d. zang en Pfte. Leyden.   2 —
194 **Sammlung** geistl. Lieder aus d. Schriften der besten deutschen Dichter v.
  Schellborn. — 65 neue Melodien hierzu v. Rheinek. M. 1780. Ldr.   2 50
Aus dem Besitze Jung-Stillings.
195 **Scheibler,** H., der physikal. u. musikal. Tonmesser. 2 Thle. M. Tafeln.
  Essen 1834—35.   2 —
196 — Anleitung die Orgel unter Beibehaltung ihrer momentanen Höhe gleich-
  mässig zu stimmen. Cref. 1836.   1 —
197 **Schiller's** Gedicht die Glocke in Musik gesetzt (f. Kl. m. Text.) v. F. Hurka.
  0. 0. u. J. Selten!   6 —
198 **Schilling,** G., Encyclopädie der gesammten musikal. Wissenschaften oder
  Universallexicon der Tonkunst. 6 Bde. u. 2 Supplemente m. Reg.
  Stuttg. 1840—1842. (M. 55.)   21 —
  Vollständige Ex. mit dem Schilling'schen u. dem Gassner'schen
  Suppl. m. Generalreg. sind nicht häufig.
199 — Supplementbd. apart. M. Anhang. Stuttg. 1842. Hfz.   5 —
  Das Supplement ist nicht häufig.
200 — Lehrbuch der allgem. Musikwissenschaft. Karlsr. 1840. gr. 8. (M. 9.)
  Pp. m. Titel.   4 —
201 — allgem. Volksmusiklehre. M. Portr. Augsb. 1852. (M. 4. 50.) Lwd.   1 50
202 **Schlüter,** J., allgem. Gesch. der Musik. Lpz. 1863. Lex. 8. (M. 4. 20.) 2 25
203 **Schneider,** F., Elementarb. d. Harmonie u. Tonsetzkunst. Lpz. 1820. qu.
  fol. (M. 7. 20.) Hblwdb.   2 —
204 — Vorschule der Musik. L. Tauchnitz. qu. 4.   1 —

Antiquarischer Catalog Nr. 28.

M. Pf.

205 **Schneider,** L., Gesch. d. Oper u. des k. Opernhauses in Berlin. M. den architecton. Plänen des 1740 von Knobelsdorf u. des 1844 von Langhans erb. Berliner Opernh. Prachtausg. m. histor. Dokumenten, artist. Beilagen u. Holzschn. Berl. 1852. gr. fol. (M. 75.) Hfzbd.   40 —

206 **Schotti,** G., mechanica hydraulico-pneumatica. C. tabb. aen. Frkf. 1657. 4. Pgt.   5 —
    Pars II classis III: De organis hydraul., aliisque instrumentis harmonicis hydropneumat. M. Tafeln u. Musiknoten. 60 pag.

207 **Schubart's,** C. F. D., Ideen zu e. Aesthetik der Tonkunst. Hrsg. von L. Schubart. M. Kupf. Wien 1806. Hld.   2 —

208 **Schwenter,** D., mathem. u. philos. Erquickstunden. Nürnb. 1636. 4. Hldr.   4 —
    Der 4. Abschn. enth.: Fragen die Musicam betr. M. Musiknoten u. Abbildungen.

209 **Shield,** W., a new edition (being the second) of an introduction to harmony. Lond. (ca. 1800.) 4.   5 —

210 **Signale** f. die musikal. Welt. Hrsg. v. B. Senff. 14—20., 22—31. Jahrg. Lpz. 1856—73. (M. 102.) Hlwdbde. Schönes Ex.   50 —
                Theilweise vergriffen!

211 — 24. Jahrg. Lpz. 1866. (M. 6.) Hlwd.   3 50

212 — 25. Jahrg. Nr. 33—52. Lpz. 1867.   1 25

213 — 26. u. 27. Jahrg. Lpz. 1868—69. (à M. 6.) (Gelesen.)   à 3 —

214 — 29.—31. Jahrg. Lpz. 1871—73. (M. 18.) Wie neu.   9 —

215 **Sperontes.** Singende Muse an der Pleisse in 2 mal 50 Oden der neuesten u. besten musikal. Stücke mit den dazu gehör. Melodien zu beliebter Clavier-Uebung. M. Fortsetztung. M. Titelkupf. Lpz. auf Kosten der lustigen Gesellschaft, 1741—42. Ldr. Schönes Ex. dieses seltenen Werkes.   8 —

216 **Stark,** L., deutsche Liederschule. Nach künstler. Principien eingerichtete Anleitung z. Sologesang. M. Suppl. 2 Thle. Stuttg. 1861. (M. 14.)   8 —

217 **Steibelt,** 2 rondeaux pastorales p. le Ppte. Vienne.   1 —

218 **Théâtre** de société ou recueil de différentes pièces, tant en vers qu'en prose, qui peuvent se jouer sur un théâtre de société. 2 vols. Av. les airs notés. La Haye 1768. Fzbde. Schönes Ex.   11 —

219 **(Thibant,** A.) Ueb. Reinheit der Tonkunst. M. Portr. Hdlb. 1825.   1 —

220 — Baumstark, E., Ant. Fr. Thibant. Lpz. 1841.   1 20

221 **Tulou,** 30 duos p. 2. fl. classés progressivement. Livr. 1 à 5.: 15 duos. (op. 102. 103. 104. 14. 11.) Lpz., Br. & H. (M. 16. 50.)   6 —

222 **Valerius,** Adrianus, Nederlandsche Gedenck-Clanck. Kortelick openbarende de vornaemste geschiedenissen van de 17 Nederlandsche Provintien. Verciert met verscheydene aerdige figuerl. platen, ende stichtelijcke Rimen ende Liedekens, De Lidekens (meest alle nieu zijnde) gestelt op Musyck-noten, Inde elck op een verscheyden Vois, **beneffens de Tablatuer vande Luyt ende Cyther.** Haarlem 1626. kl. 4. Pgt. **Sehr selten!**   60 —
    Titel, 4 ungez. Bl., 295 gez. Bl. Einige unbedeutende Wasserfl., e. Bl. stark beschädigt. Im Ganzen schönes Ex. Eines der seltensten Werke üb. Laute u. Cyther. Den Bibliographen unbekannt.

223 **Volkslieder,** littauische, gesammelt, krit. bearb. und metrisch übers. von Nesselmann. M. Musikbeilage. Berl. 1853. (M. 10.)   5 50

224 **Vriendenzangen** tot gezellige vreugd. M. den Melodieen. Haarlem 1801. qu. 8. cart.   5 —

225 **Wagner,** R., Oper u. Drama. 3 Bde. Lpz. 1852. (M. 9.) (Etw. fleckig.)   4 50

226 **Wanhal,** J., sonate p. le Pfte. Nr. II. Amst. qu. 4.   2 —

227 **Weber,** der Freischütz. Kl. A. vom Compon. Berl., Schlesinger. Pp.   1 50

228 **Weigl,** J., der Bergsturz. Oper. Kl. A. Lpz. 4. (M. 9.)   2 —

229 **Winter,** Peter, das unterbrochene Opferfest. Klav.-Auszug von Schneider. M. Text. Lpz., Breitkopf & H. qu. fol. (M. 15.) Hlwd.   4 —

230 **Witvogel,** G. F., de Zangwysen van de 40 Psalmen Davids, beneffens die van Alle de Geestelyke Liederen aangen. in de Christel Gemeente van de Onverand Augsb. Geloofs Belydenisse in dese Nederlanden. Amst. (ca 1780.) 4. Hldr.   18 —

J. Bensheimer in Mannheim und Strassburg.

M. Pf.

231 **Wodiczka**, F., instruction se perfectionner sur le Violon. Amst. (1757.) 4. 2 —
232 **Zeitschrift**, neue, für Musik. Red. v. F. Brendel. Bd. 50—61. Lpz.
1859—64. 4. (M. 84.) Hlwdbde. 25 —
233 **Zeitung**, allgem. musikalische. Complet. 50 Jahrgange. Vom Beginn
1799—1848. Leipzig, Breitkopf & H., 1799—1848. 4. Pp. 250 —
Ganz vollständiges Exemplar mit allen Portr. u. musikal. Beilagen.
234 — 39.—42. Jahrg. Lpz., Breitkopf & H. 1837—40. 4. Hlwd. (Portr.
fehlen.) à 3 —
235 — allgem. musikal. Hrsg. v. Chrysander u. J. Müller. Jahrg. 1871—74.
Lpz. 4. (M. 64.) Neu. 35 —
236 **Zumsteeg**, J. K., die Büssende. Ballade v. L. zu Stollberg in Musik gesetzt.
Lpz., Br. & H. 1 50

Theater. Dramaturgie. Kostüme.

(u. vermischte literar. Werke.)

237 **v. Akats** gen. Grüner, Kunst der Scenik in ästhetes u. ökonom. Hinsicht.
M. vielen Taf. Wien 1841. (M. 3.) — 75
238 **Album** ou collection complète et hist. des costumes de la cour de Rom des
ordres monast., religieux et militaires et des congrégations séculières des deux
sexes cont. 80 figures dessinées et coloriées d'après nature p. G.
Perugini et accomp. d'un texte expl. p. Helyot. 2. éd. Paris 1862. 4.
Ein sehr schönes ausgestattetes interessantes Werk. 18 —
239 **Almanach** der Genossenschaft deutscher Bühnen-Angehöriger. Hrsg. v. E.
Gettke. 1.—4. Jahrg. (Literar. Theil.) M. Portr. Lpz. u. Berl. 1873—76. 4 —
240 — f. Privatbühnen. 1 Bdchn. f. 1817. Hrsg. v. A. Müllner. Lpz. Hlwd. 1 —
241 **Alt**, H., Theater und Kirche in ihrem gegens. Verhältniss hist. dargestellt.
Berl. 1846. (M. 9. 75.) 3 75
242 **Beurmann**, E., Frankfurter Bilder. Mainz 1835. (M. 4. 20.) Leihbiblbd. 1 —
243 — Deutschland u. die Deutschen. 4 Bde. Altona 1840. (M. 8.) 2 75
244 **Briefwechsel** zwischen Varnhagen v. Ense u. Rahel. 1—6. Bd. Lpz.
1874—75. (M. 36.) br. neu. 29 —
245 **Brunier**, L., Friedrich Ludwig Schröder. Ein Künstler- u. Lebensbild.
Lpz. 1866. (M. 6.) 3 50
246 **Bühnenalmanach**, deutscher. Hrsg. v. A. Heinrich. 1849, 53, 54. Berl.
cart. (à 7 M.) à 1 —
247 **Costumes** français depuis Clovis j'usqu' à nos jours, extraits des monuments
les plus auth. de peinture. Av. un texte hist. et descriptif. Vols. 1. 2.
Avec 320 planches color. Paris 1835. Hfzbde. (1 Taf. fehlt.) 40 —
Die 2 Bände umfassen das 5.—16. Jahrh. Sehr selten!
248 **Despréux**, J. E., mes passe-temps: chansons suivies de l'art de la danse,
poëme en IV chants. 2 vols. Av. grav. et les airs notés. Paris 1806. Pp. 3 —
249 **Diezmann**, A., Weimar-Album. Blätter d. Erinnerung an Carl August u.
s. Musenhof. E. geschichliche Schilderung. M. 22 Stahlst. u. Holzschn.
im Texte. Lpz. 1858—60. Imp. 4. (M. 30.) Lwd. m. Goldschn. 14 50
250 — dass. Prachtausgabe. Die Stahlst. auf chinesischem Papier. (M. 48.)
Prachtband in Goldschn. 20 50
251 **Düringsfeld**, Hochzeitsbuch. Brauch und Glaube der Hochzeit bei den
christlichen Völkern Europas. M. 24 Illustr. in Farbendruck v. A. Kretsch-
mer. Lpz. gr. 4. (M. 36.) Originalprachtband. 16 50
Auch f. Kostümkunde sehr interessant.
252 **Ebeling**, F. W., Gesch. der kom. Literatur in Deutschland während der 2.
Hälfte des 18. Jahrh. Bd. 1. 2. Lpz. 1862. gr. 8. (M. 18.) 7 50
253 **Erinnerungsblätter** aus dem Leben u. Künstlerwirken der Frau Amalie
Haizinger. Carlsr. 1836. (M. 4.) cart. 1 50

M. Pf.

254 **Ferrario,** costume antico e moderno di tutti i popoli. 104 Fasc. Mit color. Tafeln. Torino 1830—33. (Publicationspr. fr. 400.)   110 —

255 **Flachsland,** moderne Odyssee od. Irrfahrten e. deutschen Bühnenkünstlers. Nürnb. 1857.   1 —

256 **Flögel's** Gesch. des Grotesk-Komischen. Bearb. u. erweitert von F. W. Ebeling. M. Portr. u. 40 Taf. Lpz. 1862. (M. 16.)   7 50

257 **Gallois,** L. la caravane dramat. ou les virtuoses aventuriers. Av. grav. 3 vols. Paris 1827.   2 50

258 **Gegenwart,** Hrsg. v. P. Lindau. 5. 6. Bd. Berl. 1874. 4. (M. 18.) Aus einem Lesezirkel, aber leidlich erhalten.   7 —

259 **Grimm,** H., neue Essays über Kunst u. Literatur. Berlin 1865. (M. 6.)   3 50

260 **Guttmann,** O., Gymnastik der Stimme. Lpz. 1861.   1 25

261 v. **Hefner,** Trachten des christl. Mittelalters. 1. Abth. Lfrg. 1—4 u. 10. 2. Abthl. Lfrg. 1—5 u. 13. 3. Abth. Lfrg. 1—6, 9—11. Mit Tafeln. 4. (à Lfg. M. 1. 50.)   à — 75

262 v. **Hellwald,** Gesch. des holländ. Theaters. Rott. 1874. gr. 8. (M. 5.) Neu.   3 50

263 **Hofdijk,** W. J., ons Vorgeslacht in zyn dagelyksch Leven geschild. 6 Bde. M. vielen Tafeln. Haarlem 1859—64. Lex. 8. (M. 120.) Lwd. Schön. Exempl.   70 —
Viele Tafeln in Buntdruck.

264 **Jacobs,** Fr., Personalien. M. Portr. Lpz. 1840. (M. 6.) Hldr.   1 50
(Gelesen.)

265 **Jahrbuch** deutscher Bühnenspiele. Hrsg. v. C. v. Holtei. 5. 6. 8—19. Jahrg. Berl. 1826—40. (M. 70.) Halbjuchtenbde. Sehr schönes Ex.   25 —
M. Beitr. v. Raupach, Benedix, Birch-Pfeiffer, E. Derrient Albini u. A.

266 **Journal** des dames. Année 1822. (2 vols.) Av. 52 planches color. (dont 4 manquent.) Frkf. 1822. Pp.   4 50

267 **Kaiser,** die deutschen. Nach den Bildern des Kaiser-Saales im Römer zu Frankfurt in Kupfer gest. u. in Farben ausgeführt. M. d. Lebensbeschrbgn. d. Kaiser v. A. Schott. 1—18. Lfrg. Frkf. 1844—46. Fol. (42 Thlr.) (Text z. 13—16. Lfg. fehlt.)   42 —
Es enth. diese Lfgn. 30 sehr schön in Buntdruck ausgeführte Bildn.

269 **Kestner,** A., röm. Studien. M. Kpfr. Berlin 1850. (M. 4. 50.)   2 —

270 **Klemm,** G., die Frauen. Culturgeschichtl. Schilderungen des Zustandes u. Einflusses der Frauen in den verschiedenen Zonen u. Zeitaltern. 6 Bde. Dresd. 1854—59. (M. 36.) br. Neu.   20 —
Bd. V: Die Frauen in der Kunst.

271 **Koffka,** W., Iffland u. Dalberg. Gesch. d. class. Theaterzeit Mannheims. Lpz. 1865. (M. 7. 50.)   3 25

272 **Lacroix** (Biblioph. Jacob.) **Duchesne** et **Seré,** hist. des cordonniers et des artisans dont la profession se rattache à la cordonnerie. Avec un grand nombre de planches noires et color. et en or. Paris 1852. 4. (M. 20.)   12 —
Cont. aussi: Armorial des anciens corporation des cordonniers, bottiers, savetiers. tanneurs et corroyeurs de la France. (48 pl.)

273 **Lavater,** J. C., over de physiognomie. 4 Bde. M. Portr., zahlr. Vign. u. 42 physiognom. Taf. Amst. 1781—84. Hfz. unbeschn.   20 —

274 **Maaskamp,** tableaux de l'habillement, des moeurs et des coutumes dans la républ. Batave an commencement du 19e. siècle. Av. 20 planches color. Amst. s. d. 4. Hfz. Schönes Ex.   27 —

275 **Mariott,** W., a collection of Engl. miracle-plays or mysteries. To which is pref. an hist. view of this description of playes. Basel 1738. cart.   4 —

276 **Mercier,** du théâtre ou nouv. essai s. l'art. dramat. Amst. 1773. d. rel. n. r.   1 50

277 **Münch,** E., Maria v. Burgund nebst dem Leben ihrer Stiefmutter Margaretha v. York. Beitrag z. Gesch. des öffentl. Rechts und des Volkslebens in d. Niederlanden zu Ende des 15. Jahrh. 2 Bde. Lpz. 1832. (M. 14.) Hpgt. m. Tit. Schönes Ex.   5 50

J. Bensheimer in Mannheim und Strassburg.

M. Pf.

278 **Nibelungen-Lied.** Abdruck d. Handschrift d. Freiherrn v. Lassberg. Mit Holzschn. nach Originalzeichnungen v. Bendemann und J. Hübner. Lpz. 1840. 4. (M. 30.) Vollst. neues Exempl., nicht fleckig, wie fast alle andern Ex. dieser Ausg. — 7 50

279 **Nicolai,** Fr., Beschreibung e. Reise durch Deutschland u. die Schweiz 1781. 1—8. Bd. M. Kpfrn. Berl. 1783—95. — 4 50
Bekanntlich von hohem Interesse für die literar. Zustände.

280 **Nightingale,** the, cont. a collection of 422 of the most celebrated English songs. Lond. 1838. 16. Fzbd. Selten! — 4 50

281 **Oettinger,** E. M., bibliographie biographique univers. Dictionnaire des ouvrages relat. à l'hist. de la vie publ. et privée des personnages célèbres de tous les temps et de toutes les nations. 2 vols. Brux. 1854. Lex. 8. (80 fr.) Hlwdbde. — 25 —

282 **Paldamus,** F. C., das deutsche Theater der Gegenwart. 2 Bde. Mainz 1857. (M. 6. 40.) — 3 —

283 **Perrot,** A. M., collection hist. des ordres de chevalerie civ. et militaires, existant chez les diff. peuples du monde. Av. 40 planches color. Paris 1820. Lwd. — 20 —

284 **Philomathie** v. Freunden der Wissenschaft u. Kunst. Hrsg. v. Wachter. 3 Bde. Frkf. 1818—22. (M. 13. 50.) Hfz. — 4 —

285 **Photographieen** aus d. german. Museum. 12 Serien in 48 Heften mit 144 Photograph.. (Hausgeräthe, Waffen, Stickereien etc. Nürnberg 1865. 4. (M. 144.) — 100 —
Vollständiges Expl. Im Handel vergriffen u. selten.

286 **Reeke,** E. v. der, Tagebuch e. Reise durch e. Theil Deutschl. u. durch Italien 1804—6. Bd. 1. Berl. 1815. Hldr. — 1 25
M. eigenhänd. Widmung d. Verf.

287 **Revue** des deux mondes. 1849—1866. Paris. gr. 8. — 180 —
Einzelne Jahrg. M. 13.

288 — Années 1857 a 66 en 60 vols. Paris. gr. 8. Schönes Ex. in egalen Hlwd. — Selten in so tadelloser Erhaltung. — 120 —

289 **Ring,** V., en Braet von Überfeldt, costumes des Pays-Bas. Av. 40 planches color. (cont. 150 vues de costumes). Amst. s. d. Fol. Hldr. Schönes Ex. dieses interessanten Werkes. — 55 —

290 **Rochholz,** E. L., allemanisches Kinderlied und Kinderspiel aus der Schweiz. Gesammelt u. sitten- u. sprachgeschichtl. erklärt. Lpz. 1857. (M. 7. 50.) — 3 —

291 **Rötscher,** H. Th., Seydelmanns Leben u. Wirken (nebst einer dramaturg. Abhdlg. üb. d. Künstler.) M. Facs. Berlin 1845. gr. 8. Vergriffen! — 6 —

292 — Abhandlungen zur Philosophie der Kunst. Berl. 1837. — 3 —

293 — dramaturg. Skizzen u. Kritiken. Berl. 1847. (M. 4.) — 2 —

294 — Cyclus dramat. Charaktere. 2. Thl. M. 2 Abhdlgn. üb. d. Recht der Poesie in der Behandlung des geschichtl. Stoffes und über den Begriff des Dämonischen. Berl. 1846. (M. 5. 25.) — 2 —

295 — Romeo u. Julia. Der Kaufmann v. Venedig, m. bes. Beziehung auf die Kunst der dramat. Darstellung entwickelt. Berl. 1842. — Vergriffen und sehr selten — 3 50
Abhdlgn. z. Philos. d. Kunst IV.

296 **Ruge,** A., 2 Jahre in Paris. Studien u. Erinnrgn. 2 Thle. Lpz. 1846. (M. 12.) Hlwd. (Gelesen.) — 4 50

297 **Sammlung** d. auserlesensten Bühnenstücke d. Neuzeit. v. L. V. G. 2 Bde. Carlsr. 1844. (M. 7. 50.) — 3 —
Enth.: D. lebende Bildniss. — D. rothe Peter. — D. Hochzeit vor der Trommel. — Die Liebe am Abend. — Memoiren des Satans. — Dr. Robin. — (Lustspiele) — Hermance (Schauspiel). — Mathilde. — Stella. (Dramen). Vendetta (Posse).

298 **Schaubühne,** deutsche. 33 diverse Bände aus d. Jahren 1790—1807. Pp. 10 —

299 **Schauspiele** des Mittelalters. Aus Handschriften hrsg. und erklärt von F. J. Mone. 2 Bde. Karlsr. 1846. (M. 10.) br. Neu! — 6 —

300 — 6 holländ. Amst. 1716—27. Ldr. — 3 —
Eins mit musik. Beilage.

Antiquarischer Catalog Nr. 28.

M. Pf.

301 **Scherr,** J. Schiller u. s. Zeit. M. vielen Illustr. Lpz. 1859. gr. 4. (M. 39.)
Lwdbd. Im Handel vergriffen.   16 —

302 **Schlegel,** A. W. v., üb. dramat. Kunst u. Literatur. 4 Thle. in 2 Bdn.
Wien 1825. 16. Pp. mit Tit.   3 —

303 **Schmidt,** J. A., leibbeschirmende u. feindentrotzbietenaene Fechtkunst od.
Anweisung auf Stoss und Hieb etc. M. e. Menge Kupf. Nürnb. 1713.
Adr. (1 Textbl. fehlt.) Selten!   10 —

304 **Schoonebeck,** A., hist. van alle ridderlykke en krygsorders. 2 Bde. M.
113 Kupfern. Amst. 1697. Pgt.   14 —
Zugleich wichtig für die Kostümkunde.

305 **Simpson,** E., the dramatic unities in the present day. Lond. 1874. Lwd. 1 —

306 **Steinmann,** Fr., Mefistofeles. Revue der deutschen Gegenwart in Skizzen.
3 Bde. Münst. 1846.   1 20

307 **Taschenbuch** f. Schauspieler f. 1823. Hrsg. v. Lembert. M. Bildern.
Wien. Hlwd.   1 —

308 **Taschenkalender.** Gött. f. 1798. 16. cart.   2 —
M. Kupfern, darunter 6 Modekupf.

309 **Theater-Revue,** allg. Hrsg. v. A. Lewald. 1. Jahrg. Stuttg. 1845. gr. 8.
(M. 6.) Lwd.   2 —

310 **Theaterstücke,** 22 in 2 Bdn. Pp.   7 —
*Enth.: D'Ennery und Decourcelle, nur keine Ehe zu Dreien! —
Broemel, e. Abenteuer im Thiergarten. — Flamm, e. armer Millionär.
— Denecke zum goldenen Lachs. — Hermann, die Verleumdung. —
Genée, das Vermächtniss. — Herrmann, gestrenge Herrn regieren
nicht lange. — Bahn, e. Stündchen im Pariser Keller. — Denecke,
sein Paletot. — v. Sternberg, ein Soldat. — Görner, keine Feinde. —
Janin u. Reinhard, d. Gebet der Mutter. — Görner, e. kl. Erzählung
ohne Namen. — Starke, zwei Weisen. — Fenelli, e. vornehmer Schwie-
gersohn. — Kalisch, e. Berliner Märtyrer. — Wilhelmi, e. gutes Herz.
— v. Sternberg, zwei Tanten. — v. Sternberg, die Schule der
Schmeichler. — Trautmann, e. moderner Faust. Hahn, wie man den
Raben fängt. — Metella, Sie müssen wollen.*

311 **Universal-Portrait-Gallerie** berühmter Männer u. Frauen des 19. Jahrh.
2 Bde. M. 144 Stahlst.-Portr. Lpz. 1865. 4. (M. 28. 50.) Hmaroq. 12 —

312 **Unsere Zeit.** Deutsche Revue d. Gegenwart. Hrsg. v. R. Gottschall. 8 Bde.
M. Reg. — Neue Folge. 1—9. Jahrg. Leipz. 1858—73. (M. 206.)   78 —
Ganz vollständ. Exemplar in eleg. Lwbdn. (3 Jahrg. br.)

313 — 7—11 Jahrg. L. 1871—75. (M. 90.)   30 —

314 **Wahlen,** A., moers, usages et costumes de tous le peuples du monde.
4 vols. Av. un grand nombre de planches color. (costumes.) Brux.
1843—44. gr. 8. (fr. 60.) Hfz. u. broch.   30 —

315 **Weber,** Carl Julius, Deutschl. od. Briefe eines in Deutschl. reisend. Deutschen.
4 Bde. Stuttg. 1826—28. gr. 8. (M. 36.) br. Neu!   10 —

316 **Weinlig,** Ch. T., Briefe üb. Rom verschiedenen die Werke der Kunst, die
öffentl. Feste, Gebräuche u. Sitten betr. Inhalts. 2 Bde. M. 35 Taf.
Dresd. 1782—87. 4. Hfz.   3 50

317 **Weiss,** H., Geschichte des Kostüms. Die Tracht, baul. Einrichtgn. u. d.
Geräth der vornehmsten Völker der östl. Erdhälfte. Bd. I. Berl. 1853. (M. 7.)
Nicht mehr ersch.
Fast ausschl. Aegypten beh.

318 **Wit v. Dörring,** mein Jugendleben u. meine Reisen. Lpz. 1833. (M. 6.)
Hlwd.   1 —

319 — Schilderungen und Begebnisse eines Vielgereisten der Unruht. 3 Bde.
Lpz. 1833. (M. 6.) Hlwd.   1 50

320 **Wright,** Th., hist. de la caricature et du grotesque dans la littérature et
dans l'art. Trad. p. Sachot. 2 éd. Av. gravures. Paris 1875. gr. 8.
(M. 10.)   7 —